LE

BOSQUET D'APOLLON

LE BOSQUET D'APOLLON

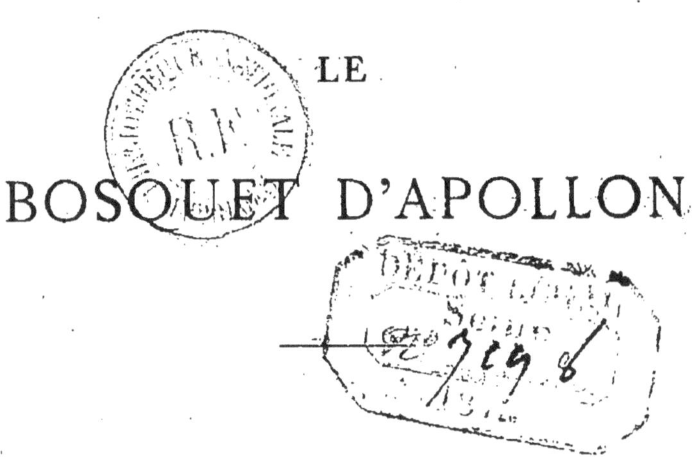

A ta santé, marquis !... L'aventure est étrange.
Personne... Nous buvions... En un instant tout change.
La coupe de mes mains a glissé : le doux bruit
De nos verres n'est plus qu'un écho dans la nuit.
Où suis-je ? je me perds dans ces profondeurs sombres ;
O Versailles, n'es-tu que le palais des ombres
Pour qu'au passant, le soir, qui cherche son chemin
Pas un être vivant ne vienne offrir la main ?
Holà ! quelqu'un, holà ! quel silence ! Personne
Ne répond.

LA VOIX DU GARDIEN.

Promeneurs, voici l'heure qui sonne.
Hâtez-vous de quitter le bosquet d'Apollon.

LUI.

Qu'entends-je ? Qu'as-tu dit ? Le bosquet d'Apollon !

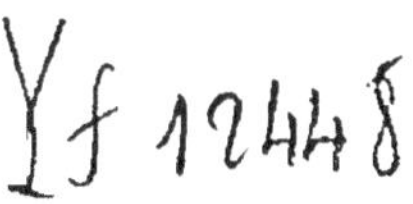

D'un implacable sort ô cruelle ironie !
Je la croyais si bien de mon âme bannie,
Quand le nom seul d'un lieu prononcé devant moi
Me plonge tout à coup dans un fiévreux émoi !
C'était un soir d'avril... oh ! oui, je me rappelle,
Un des premiers beaux soirs de la saison nouvelle...
Mais, non ! ce souvenir me révolte, et mon cœur
Veut s'affranchir enfin d'un joug dominateur.
O toi, qui m'as versé le poison dans les veines,
Toi, que j'eusse adorée, au rang des souveraines,
D'un amour que jamais reine n'aurait connu,
Toi, pour qui seule au monde, enfant, j'étais venu,
Tu m'as trahi... pour qui ?... Je ne veux pas connaître
Le nom de ce rival, mais je sens tout mon être
S'agiter, quand je songe à l'exécrable hymen
Qui dans la main d'un autre a fait poser ta main !
Et c'est lui, l'insolent, qui caressait tes charmes,
Alors que je voilais mes yeux baignés de larmes !
Et je ne suis pas mort dans cette horrible nuit
Où, parjure, tu l'as accompagné sans bruit !

> Il est tombé, assis sur un banc, la tête entre les mains. Il s'endort. Le rêve commence. — La statue d'Apollon s'anime peu à peu. Le dieu descend en scène.

APOLLON.

D'où viennent ces éclats d'une douleur profonde ?
De tes plaintes pourquoi fatiguer l'air ? Le monde
Est un impur foyer de lâches trahisons.
Les femmes sont, crois-moi, pareilles aux saisons

Qui répondent aux lois de la température ;
L'amour suit les divers états de la nature,
Et, comme le printemps ne peut durer toujours,
L'hiver chasse l'été, même pour les amours.

LUI.

Qui m'ose ainsi parler ? Toi, dont le blond visage
M'apparaît à travers les ombres du feuillage
Comme éclairé soudain aux rayons du soleil ;
Toi qui me viens troubler au cours de mon sommeil,
Et par ton rire amer irriter ma souffrance,
Du ciel ou de l'enfer diras-tu la puissance
Qui t'amène ?...

APOLLON.

Je tiens ma puissance des cieux,
Et le destin m'a fait le maître de ces lieux.
Je suis dieu de la lyre et roi de l'harmonie,
Et s'il te plaît chanter, au rhythme d'Ionie,
La coupable beauté qui désola ton cœur,
Je donnerai la note à tes chants de douleur.
Mais dans mon temple ouvert aux faiblesses humaines,
J'ai tant vu tour à tour de bourgeoises, de reines,
Me prendre pour témoin de leur fidélité,
Puis trahir un serment par la brise emporté ;
J'ai tant vu de valets ou grands seigneurs de race,
Pour mentir à l'amour, rivaliser d'audace,
Impudiques railleurs de toutes les vertus ;

J'ai vu si peu de foi dans les cœurs abattus,
Qu'éternel confident des mêmes infortunes,
Ne découvrant partout que misères communes,
Aux plaintes des mortels je reste sans pitié.
Poëte, je te dois pourtant quelque amitié !
Si le récit d'un mal peut soulager ta peine,
Raconte-moi comment te trompa l'inhumaine...

LUI.

Mon récit sera court. De l'heure où je la vis,
Je fus de ses attraits éperdument épris ;
Elle avait l'esprit fier autant que l'âme grande,
Et, quand sur son front pur une verte guirlande
Encadrait ses cheveux aux longues tresses d'or,
De la chaste Diane on eût cru voir encor
Paraître au fond des bois la divine figure.
C'était un soir d'avril ! j'errais par aventure,
Et, dans ce parc immense où l'ombre du grand roi
Plane encor par moments avec un air d'effroi,
Je marchais méditant les leçons de l'histoire,
Et mille objets divers traversaient ma mémoire,
Quand mon regard soudain rencontra son regard !
Elle était devant moi ! je voulus fuir. Trop tard !
J'avais senti ma vie à sa vie enchaînée,
Et, par un seul regard jugeant ma destinée,
Je compris qu'elle était tout pour moi : mon seul bien.
En dehors d'elle, ingrat, je ne connus plus rien.
Je l'aimai d'un amour ardent ; l'enchanteresse

A mes sens excités versait à flots l'ivresse,
Et ses baisers de feu m'avaient fait oublier
Que des biens de ce monde il faut se défier.
Un soir donc, soir fatal entre tous ! ma maîtresse
Ne vint pas ! Vainement j'attendis la traîtresse,
Et l'aurore parut dans mon logis désert.
Oh ! qui n'a pas un jour de l'attente souffert !
Qui n'a pas appelé dans l'espace d'une heure
Cent fois le même nom ! De sa froide demeure
Qui n'a pas vu s'enfuir tous les rêves dorés
Qu'apportaient avec eux des charmes adorés !
Oh ! qui n'a pas connu les sentiments parjures,
Celui-là de l'amour ignore les tortures.
Pour moi, j'ai rudement souffert ! je l'aimais tant !
Je m'étais fait si bien son esclave ! Pourtant
Elle m'a pu quitter sans un mot, sans un signe,
Femme, d'un cœur fidèle à tout jamais indigne !

APOLLON.

Ton désespoir si vrai m'émeut : de tes malheurs
Ne garde plus souci. Je veux sécher tes pleurs.
Tu ne méritais pas tant d'injustes outrages !
Et puisque la fortune a, sous ces frais ombrages,
Ramené dix-huit mois plus tard tes pas errants,
Tu connaîtras par moi les plaisirs enivrants
Qui de ton cœur bientôt chasseront l'infidèle.
A ton âge, crois-moi, l'existence est trop belle
Pour la sacrifier aux terribles regrets !

Regarde, et, sans vouloir pénétrer des secrets
Que, vulgaire mortel, tu ne dois pas connaître,
Profite des faveurs qu'offre Apollon ton maître.

Se tournant vers le groupe des nymphes.

O nymphes, descendez de votre piédestal.
Quittez pour un moment vos grottes de cristal,
Et sous ces verts bosquets, pleins d'amoureux mystères,
Formez les pas charmants de vos danses légères.

Les nymphes, obéissant à l'ordre du dieu, descendent en scène. Le dieu
disparaît et reprend sa forme de statue.

PREMIÈRE NYMPHE.

Écoute, si tu veux avec moi voyager
Et me suivre au pays où fleurit l'oranger,
Je te promets, jeune homme, une aimable compagne,
Dont la verve jamais ne battra la campagne,
Mais dont l'esprit grivois, par mille traits divers,
Abrégera pour toi la longueur des hivers.
La parole en amour est la volupté même :
Quoi de plus enivrant que ces deux mots : Je t'aime !
C'est moi qui du poëte enflamme les accents,
Et qui sais murmurer le langage des sens.
Autrefois j'inspirai les vers légers d'Ovide,
Et Voltaire sans moi n'eût pas créé Candide ;
Parny me doit aussi ses traits les plus lascifs,
Et si Boccace écrit les contes expressifs
Qui charment les loisirs des dames de Florence,
C'est que mon sel gaulois en double la licence.

DEUXIÈME NYMPHE.

N'écoute pas ma sœur : la parole en amour
Ne saurait tout au plus te distraire qu'un jour.
C'est aux plaisirs des yeux que moi je te convie,
Et je puis enchanter le reste de ta vie.
Quand du soleil couchant les rayons empourprés
Colorent l'horizon de leurs reflets dorés,
Regarde ce beau parc, aux lignes grandioses,
Ces splendides jardins, tout émaillés de roses,
Ces escaliers de marbre et ces limpides eaux
Où viennent se mirer tant de riants tableaux ;
Regarde au fond des bois ces vivantes statues
De faunes lutinant des nymphes demi-nues ;
Et dis-moi si jamais, pour le charme des yeux,
La nature créa spectacle plus joyeux.
Eh bien, je puis t'offrir de plus riches merveilles,
De féeriques palais, aux splendeurs sans pareilles,
Où, sous les lambris d'or des salles de festin,
Élégantes beautés aux robes de satin,
Ou fières nudités, s'abandonnant sans voiles,
Tu pourras contempler, scintillantes étoiles,
Les femmes, résumant sous leurs aspects divers
Tous les types charmants connus de l'univers.

TROISIÈME NYMPHE.

Arrête : de mes sœurs crains les offres perfides.
L'une pour t'attirer n'a que des discours bien vides ;

L'autre te veut tenter par des tableaux vivants
Qui n'ont jamais séduit que vieillards impotents.
Repousse ces plaisirs indignes de ton âge
Et montre pour l'amour un peu plus de courage.
La femme n'attend pas qu'un regard satisfait
Du jeune cavalier pour la dompter bien fait ;
Et quand, sous les tissus aux transparences fines,
La beauté livre aux yeux ses épaules divines,
Quand sa bouche s'entr'ouvre à l'amoureux baiser,
Serais-tu lâche au point de lui rien refuser?
Non, s'il te reste encor quelque mâle énergie,
Jeune homme, si tu peux affronter d'une orgie
Les fatigues, suis-moi dans mon royal séjour,
Et, lorsque paraîtront les premiers feux du jour,
Aux voluptés des sens ta nature asservie
N'aura plus sentiment des labeurs de la vie.

LUI.

Infernales beautés, au langage si doux,
Je voudrais vous aimer toutes trois. Mais de vous
Laquelle préférer?

ELLE, masquée, toute vêtue de noir, est entrée en scène
pendant les derniers vers.

Aucune. Toi, demeure ;
Et vous, nymphes des bois, disparaissez sur l'heure.

Les nymphes disparaissent et redeviennent statues.

ELLE, ôtant son masque.

Regarde.

LUI.

Métidja!

ELLE.

Quel accueil! Mon retour
Te surprend infidèle à tes serments d'amour,
Et, pour me consoler des douleurs de l'absence,
Tu ne sais m'accorder qu'un dédaigneux silence!
Ah! qu'il eût mieux valu pour moi ne te revoir
Jamais, et renoncer à mon plus cher espoir,
Qu'après avoir souffert une épreuve si rude
Sentir mon cœur brisé par tant d'ingratitude!
Mais, hélas! c'en est fait de toute illusion,
Et, comme en un matin la blanche vision
Dont un rêve a bercé notre sommeil s'efface,
Ainsi de nos amours s'évanouit la trace,
Et le bonheur passé pour toi n'est plus qu'oubli!

LUI.

S'il te plaît me juger à tel point avili
Que je puisse t'aimer, par un honteux partage,
Trop complaisante épouse ou maîtresse volage,
Libre à toi, Métidja; mais j'ai trop de fierté
Pour vouloir à ce prix posséder ta beauté!
J'ignore quel dessein près de moi te rappelle,
Mais de quel droit viens-tu me traiter d'infidèle?
Pour t'absoudre faut-il sans pudeur m'accuser?
Et quand tu pus donner à d'autres le baiser

Auquel seul j'avais droit, d'un si cruel parjure
Oseras-tu nier l'irréparable injure?

ELLE.

Il est vrai,... j'ai failli, si tu nommes faillir
D'un plus fort supporter la loi! Quant à mentir,
Je ne mentirai pas; mon âme s'y refuse,
Car je hais le mensonge et dédaigne la ruse.
Pour me sauver d'ailleurs, qu'as-tu fait? Quel effort
As-tu jamais tenté pour adoucir mon sort?
Oh! tu m'aimais sans doute alors que comme une ombre
Je me glissais craintive en ta demeure sombre!
Tu me couvrais alors de baisers! Ton ardeur
Allait jusqu'à m'offrir l'hommage de ton cœur!
Puis, quand je rentrais seule, et qu'un maître intraitable
M'attendait, déguisant, sous un sourire aimable,
D'un tyrannique époux la dure volonté,
Tu promenais ta vie en toute liberté,
Des boudoirs de marquise aux foyers des théâtres,
Éparpillant le cours de tes plaisirs folâtres!..
Ne ris pas. M'as-tu donc un seul jour proposé
De fuir, quand avec toi j'eusse si bien osé
Braver les lois du monde, et ne vivre sur terre
Que pour toi seul au fond d'une retraite austère?..
Mais, non! tu me laissais au pouvoir d'un époux,
Et, bornant tes désirs à de courts rendez-vous
Pleins d'entraves, jamais tu n'eus cette pensée
Que, par ton égoïsme à la longue froissée,

Je pourrais... Eh bien, oui, j'eus l'heure de dépit
Qui trouble la raison dans le meilleur esprit...
Mais j'ai tant supporté d'épreuves... tant de larmes
Ont chaque jour trahi mes mortelles alarmes
Que, si je fus coupable, il faut me pardonner.

LUI.

Ainsi, de parti pris, tu pus m'abandonner !
Et, comme un serviteur déplaisant que l'on chasse,
Dans ton cœur tout à coup je n'ai plus trouvé place.
Mais tu viens, il est vrai, me demander pardon,
Et d'un cynisme tel tu professes le don
Que tu ne comprends pas, en torturant mon âme,
A quel point parjurer sa foi c'est chose infâme.
A d'autres va porter des regrets superflus ;
Va-t'en : de ton amour, démon, je ne veux plus.

ELLE.

J'obéis. Que sur toi notre malheur retombe !
Il ne me reste plus d'autre abri que la tombe,
Tu l'as dit ; mais avant que de quitter ces lieux,
Écoute tout au moins mes suprêmes adieux.
Un soir, t'en souvient-il ? c'était sur une grève
Du Nord : auprès de toi j'avais fait un beau rêve ;
Je portais, ce soir-là, mon long peignoir flottant,
Et, tandis que nos yeux cherchaient l'astre brillant,
La brise nous jetait parfois l'écume blanche
Des vagues : je sentais, tout en marchant, ta hanche

Frôler mon coude, et puis fière je m'appuyais
Sur ton bras, cher seigneur qu'à genoux j'adorais.
Nous marchions l'un dans l'autre absorbés : ô délire !
Voilà que m'apparaît un étrange navire !
Sur la poupe est écrit ce seul mot : liberté.
Un canot vient à nous par deux hommes monté ;
Mais ce canot à peine a touché le rivage,
Que nous sommes tous deux arrachés de la plage,
Et quand nous reprenons nos sens, au gré du vent
Le vaisseau nous emporte en un sillon mouvant.
Pour nous commence alors quel merveilleux voyage !
Nous étions délivrés d'un honteux esclavage,
Et sans frein à travers l'espace nous voguions
Découvrant chaque jour de nouveaux horizons.
Dans les grottes des lacs, dans les fraîches vallées,
Sur les arides monts aux pentes désolées,
Sous les forêts de chêne ou les bois d'orangers
Partout retentissait l'écho de nos baisers !
Puis, ayant navigué sur la terre et sur l'onde,
Librement parcouru tous les pays du monde,
Dans une île, jardin de feuillage et de fleurs,
Enfin nous arrêtions nos pas de voyageurs.
O séjour enchanté, que j'aperçois encore,
Où, du matin au soir et du soir à l'aurore,
Nous vivions l'un et l'autre enchaînés par l'amour,
Ne seras-tu jamais notre domaine un jour ?
Dans les pleurs faudra-t-il que mon destin s'achève,
Et quand pour nous le ciel permet qu'un si beau rêve
Prenne l'aspect vivant de la réalité,

Auras-tu donc au cœur assez de cruauté
Pour briser, dans l'accès d'une injuste colère,
Le bonheur qui nous peut encore unir sur terre?
Je suis libre... à toi seul désormais j'appartiens
Et ne veux accepter d'autres nœuds que les tiens.

LUI.

Qu'ai-je entendu? Tais-toi, sirène enchanteresse,
Tais-toi : ne verse pas dans ma coupe l'ivresse
Qui, par un doux mensonge, entre tes bras m'endort
Et me garde un réveil plus triste que la mort.
Ne cherche pas, habile en tes métamorphoses,
A m'offrir du printemps les lilas et les roses,
Quand la bise d'hiver a des jardins en fleur
Effeuillé la couronne et terni la splendeur.
Nos amours ne sont plus que guirlandes fanées :
La foi, tu l'as ravie à mes jeunes années,
Du jour où, sans pitié de ma juste douleur,
Par un lâche abandon tu m'as brisé le cœur.
Et du passé pourtant l'illusion m'est chère,
Métidja : je ne sais quelle folle chimère
Me poursuit, et pour toi m'inspire tour à tour
Des paroles de haine ou des accents d'amour.
Mais, sitôt qu'en tes yeux un rayon d'espérance
Me sourit, j'entrevois une amère souffrance,
Et je n'ose de toi recevoir qu'en tremblant
La faveur qu'à genoux implore tout amant.
T'adorer! ah! quel mot! quelle ivresse! Pardonne,

Quand mon corps tout entier de volupté frissonne,
Si j'hésite en ma main à retenir ta main ;
Mais, naguère trompé, j'ai peur du lendemain.

ELLE.

A quoi bon t'effrayer de si vaines chimères ?
Du temps passé tous deux oublions les misères,
Et, portant nos regards vers un destin meilleur,
Sachons de l'avenir assurer le bonheur.
Douterais-tu des biens que je t'offre en partage,
Ou crains-tu, par hasard, mon humeur trop volage ?
Mais, si tu veux m'aimer d'un cœur plus confiant,
Songe à la volupté qui dans mes bras t'attend ;
Songe aux baisers sans fin, aux ardentes caresses ;
Et quand ta main, le soir, déroulera les tresses
De mes cheveux aux blonds reflets, songe à l'amour
Qui pourra sur mon sein te garder jusqu'au jour.

LUI.

O merveilleux pouvoir des femmes sur les hommes !
Vainement nous luttons ! Et, lâches que nous sommes,
Nous avons beau former d'héroïques serments,
Bien vite nous voyons changer nos sentiments,
Si la bouche autrefois de nos lèvres aimée
Combat notre raison par les sens désarmée.
Quel que soit le destin auquel je vais céder,
Métidja, je t'adore et te veux posséder,
Mais non pas d'une étreinte aussitôt terminée

Que l'éphémère cours d'une folle journée.
Puisque le ciel me rend la beauté que j'aimais,
J'accepte et te choisis pour compagne : à jamais
Des lois de mon amour tu subiras l'empire,
O ma femme...

ELLE.

D'un mot que tu sais si bien dire
Tu m'as fait oublier tout mon chagrin passé...
Ta compagne, ta femme... oui, tout est effacé.
Je me sens aujourd'hui plus heureuse et plus fière
Que si j'étais Vénus, la reine de Cythère ;
Car mon domaine à moi, c'est ton corps, c'est ton cœur !
Viens dans mes bras... je t'aime !

Ici le rêve cesse.

LE GARDIEN, secouant l'endormi.

Oh ! l'enragé dormeur !

LUI, réveillé en sursaut.

Hein ! Que me voulez-vous ?

LE GARDIEN.

Excusez-moi, jeune homme ;
Sur ce banc de gazon vous faisiez un bon somme,
Mais des nuits de septembre évitez la fraîcheur ;
Le conseil est prudent.

LUI.

Adieu, rêve enchanteur !
Tu viens, en m'éveillant de troubler un beau songe.
Plus rien !... Tout ici-bas n'est que leurre et mensonge.